COLLECTION LE CAR[...]

Deuxième partie

ANTIQUITÉS

ET

MÉDAILLES

Vente le Samedi 9 Mars 1867

Mᵉˢ Charles PILLET et Paul RAIN,
Commissaires-Priseurs,

MM. ROLLIN et FEUARDENT, Experts.

EXEMPLAIRE DE H. STETTINER

CATALOGUE

DES

ANTIQUITÉS

GRECQUES, ROMAINES, ÉGYPTIENNES
ET AUTRES

ET DES

MÉDAILLES

COMPOSANT LA

COLLECTION DE FEU M. LE CARPENTIER

ET DONT LA VENTE AURA LIEU

PAR SUITE DE DÉCÈS

HOTEL DROUOT, SALLE N° 5

Le Samedi 9 Mars 1867

A UNE HEURE ET DEMIE

Par le Ministère de Me **Charles PILLET**, Commissaire-Priseur,
rue de Choiseul, 11,

Et de Me **Paul RAIN**, son confrère, rue Drouot, 25,

Assistés de MM. **ROLLIN** et **FEU-ARDENT**, experts, 12, rue Vivienne.

CONDITIONS DE LA VENTE

Elle sera faite au comptant.

Les adjudicataires payeront *cinq pour cent* en sus des enchères.

L'exposition mettant le public à même de se rendre compte de l'état des objets, il ne sera admis aucune réclamation une fois l'adjudication prononcée.

Paris. — Imprimerie de Pillet fils aîné, 5, rue des Grands-Augustins.

DÉSIGNATION DES OBJETS

VASES GRECS PEINTS

1 — Coupe. — Dans l'intérieur un bacchus indien tenant le canthare, en dessous huit personnages jouant de différents instruments. Peinture rouge sur fond noir. Diam. 27 cent.

2 — Coupes. — Deux personnages assis et deux à genoux.

Peinture noire sur fond rouge. 12 cent de diam.

3 — Coupe avec palmettes autour. Peinture noire sur fond rouge. Diam. 15 cent.

4 — Vase à quatre anses, dont deux à roues. Une femme tenant une boîte à parfums, R, un jeune homme nu tenant un strigile et un pallium. Figure rouge sur fond noir. Haut. 30 cent.

5 — Canthare. — Deux guerriers armés chacun de deux lances et d'un bouclier, suivis d'un chien. Légende grecque composée de cinq mots. Peinture noire sur fond rouge. Haut. 21 cent.

6 — Lecythus. — Guerrier devant une femme assise, assisté de deux femmes debout. Peinture noire sur fond rouge. Haut. 16 cent.

7 — Lecythus. — Une femme jouant des crotales entre deux satyres, au dessus un chien entre deux femmes. Peint en noir sur fond rouge. Haut. 12 cent.

8 — Lecythus. — Cavalier entre deux guerriers, et un personnage drapé. Peinture noire sur fond rouge. Haut. 10 cent.

9 — Lecythus. — Deux autres, un guerrier sur l'un, une palmette sur l'autre. Haut. de chaque 10 cent. 1|2.

10 — Deux autres : Femme tenant un miroir, jeune homme nu tenant une corbeille de fruits. Peinture rouge, sur fond noir. Haut. de chaque, 19 cent.

11 — Guttus. — Un hermaphrodite assis, tenant une corbeille. Peinture rouge sur fond noir. Haut. 17 cent.

12 — Guttus. — Une colombe et ornements. Peinture blanche sur fond noir. Haut. 16 cent.

13 — Canthare cannelé, à anses à nœuds. Une couronne de lierre entoure le col. Haut. 13 cent.

14 — Canthare à anses plates et relevées. Fond noir. Haut. 12 cent.

15 — Amphore, avec deux oreilles au lieu d'anses. Inscription latine en relief. Haut. 10 cent.

16 — Amphore en terre cuite. Cette pièce a été pêchée dans la mer, vis-à-vis de l'ancien port de Frontignan. Haut. 1 mèt. 10 cent.

BRONZES ANTIQUES

17 — Statuette étrusque de femme. Haut. 12 cent.

18. — Statuette étrusque d'homme, Haut. 10 cent.

19. — Jupiter nu, debout tenant la foudre. Son pallium sur sur son bras levé. Haut. 11 cent.

20. — Hercule nu, coiffé de la peau du lion. Haut. 18 cent.

21 — Jeune fille debout, vêtue d'une longue robe, porte la main à sa bouche.

22 — Jeune homme vêtu d'une tunique courte, sur sa base antique. Haut. 17 cent.

23 — Deux petites figurines. Vénus et la fortune. Haut. 4 cent.

24 — Trois petits animaux : Un bœuf, un chien et un chat.

25 — Poids de Romaine avec sa chaînette, tête de femme.

26 — Candélabre cannelé, les pieds formés par trois jambes humaines. Haut. 46 cent.

27 — Candélabre cannelé, les pieds sont formés par trois têtes de griffons dévorant une jambe de bœuf. Haut. 45 cent.

28 — Brassart de gladiateur en cuivre filé. Haut. 11 cent.

29 — Épée romaine provenant de la vente Pourtalès. Long., avec la poignée en bronze, 68 cent.

30 — Patère antique. Le manche est formé par un homme nu soutenant deux béliers. Haut. 42 cent.

31 — Un vase en bronze, à une anse, tête barbue en mascaron, Haut. 17 cent.

32 — Vase en forme d'amphore. Haut. 12 cent.

33 — Petit vase à une anse. Haut. 5 cent.

34 — Lampe à un bec, un croissant forme l'anse, 18 cent.

35 — Un strigile. Long. 20 cent.

36 — Six anses de vases, variées de forme et de sujets.

37 — Cinq clefs différentes de forme et de grandeur.

38 — Huit fibules de formes différentes, quelques unes très-belles.

39 — Un miroir gravé; trois personnages. Long. 19 cent.

40 — Un doigtier, un fer de lance, et deux coins.

41 — Un lot de colliers et bracelets.

42 — Deux chaînes, deux cuillers, un style.

43 — Cinq cachets de potier, une bague avec inscription en creux, une autre avec un Nicolo, un petit chien ayant servi de cachet : une médaille en bronze y est incrustée.

44 — Un lot de différents fragments.

45 — Un as, quadrans, sextans ; cinq pièces.

TERRES CUITES ANTIQUES

46 — Vénus nue, debout, porte la main droite à ses cheveux, tient sa tunique de la gauche. Haut. 19 cent.

47 — Femme vêtue d'une longue robe. Haut. 19 cent.

48 — Femme assise, le sein découvert, ses deux mains sur ses genoux ; l'une tient une patère. Haut. 11 cent.

49 — Femme assise, tenant un enfant emmaillotté de chaque bras. Haut. 11 cent.

50 — Grotesque accroupi. Haut. 9 cent.

51 — Un pied nu. Long. 20 cent.

52 — Lampe entourée par huit têtes de femmes, provenant de la vente Denon, 1825. 17 cent.

53 — Un lot de lampes, phallus et sujets bizarres, en terre cuite et en bronze. Un certain nombre sont fausses.

VERRES ANTIQUES DE COULEUR

54 — Lacrymatoire à deux anses. Bleu. Haut. 11 cent.

55 — Amphore bleu et jaune. Haut. 4 cent.

56 — Vase forme d'une grappe de raisin, couleur brune. Haut. 9 cent.

57 — Vase forme de datte, couleur brune. Haut. 7 cent.

58 — Vase bleu, sans anses. Haut. 8 cent,

59 — Vase bleu, goulot très-allongé. Haut. 7 cent.

60 — Petit vase de même forme, bleu veiné de blanc. Haut.
3 cent.

61 — Petit lacrymatoire bleu, Haut. 3 cent.

62 — Un bracelet bleu, et fragment d'un autre.

VERRES ANTIQUES BLANCS

63 — Grand lacrymatoire très-mince. Haut. 45 cent.

64 — Grand lacrymatoire panse large, les extrémités allant
en s'amincissant. Haut. 40 cent.

65 — Grand lacrymatoire de même forme. Haut. 25 cent.

66 — Trois autres à longs goulots. Haut. 20 et 18 cent.

67 — Un autre à long goulot. 15 cent.

68 — Amphore. Haut. 11 cent.

69 — Sept autres de différentes formes et grandeurs.

70 — Une coupe. Diam. 13 cent.

71 — Une autre. Diam. 9 cent.

72 — Une autre. Diam. 6 cent.

73 — Un verre à boire. Haut. 7 cent.

74 — Verre à pied, forme évasée. Haut. 10 cent.

75 — Vase à une anse, forme aplatie. Haut. 9 cent.

76 — Vase à une anse, très-évasé du bas. Haut. 15 cent.

77 — Vase à une anse, goulot en trèfle. Haut. 11 cent.

78 — Bouteilles de différentes formes ; 4 pièces.

79 — Bouteille de forme singulière ; le milieu est aminci, et
forme quatre compartiments. Haut. 22 cent.

80 — Animal fantastique, posé sur une coupe également antique, mais qui ne lui appartient pas. Long. 16 cent.

81 — Petit vase avec deux panses, forme de phallus. Haut.
5 cent.

82 — Petite coupe. Diam. 8 cent.

83 — Petit verre à boire, à une anse. Haut. 4 cent.

84 — Agglomération de lacrymatoires déformés par le feu.

OBJETS ÉGYPTIENS EN BRONZE

85 — Isis allaitant Horus. Haut. 22 cent.

86 — Osiris debout. Haut. 22 cent.

87 — Jolie figure nue, avec collier, bracelets aux bras et aux pieds. Haut. 14 cent.

88 — Harpocrate assis. Haut. 10 cent.

89 — La déesse Patch, debout. Haut. 4 cent.

90 — Chat assis, les yeux émail et or. Haut. 17 cent.

91 — Un épervier. Haut. 10 cent.

92 — Le bœuf Apis. 7 cent.

OBJETS ÉGYPTIENS EN MATIÈRES DIVERSES

93 — Typhon debout, un scarabée sur la tête, entouré par trois personnages. — Serpentine. Haut 6 cent.

94 — Isis allaitant Horus.—Serpentine. Haut. 6 cent.

95 — Petit vase en serpentine, avec deux anses mobiles en bronze ; un scarabée ailé est gravé en creux sur la panse. Haut. 3 cent.

96 — Six vases à parfums en albâtre oriental de différentes grandeurs.

OBJETS ÉGYPTIENS EN BOIS

97 — Osiris assis, la tête est dorée ; figure assise, tenant la clef du Nil ; tête de chat.

98 — Un épervier, un scarabée informe, une figure debout.

99 — Masque de femme, en carton ; la figure, très-bien conservée, est toute dorée, ainsi que les ornements du cou. Objet provenant de la première enveloppe d'une momie.

OBJETS ÉGYPTIENS EN TERRE CUITE

100 — Collier terminé par un scarabée, incrusté dans une plaque représentant deux hommes dans une barque, etc.

101 — Collier terminé par une plaque représentant une tête de face.

102 — Collier terminé par une des ailes d'Isis.

103 — Bracelets formés par des boules en terre cuite, verre, émeraudes, etc.

104 — Vingt-quatre petites figurines.

105 — Quatre autres plus grandes, dont une avec hiéroglyphes.

106 — Amulette égyptienne, composée de six personnages de chaque côté.

107 — Plaque représentant Osiris, Isis, Horus.

108 — Cinq bagues avec hiéroglyphes sur le chaton.

109 — Animaux divers : bœuf, canard, grenouille, serpent glaucus, lion. 6 pièces.

110 — Scarabée et nilomètre. 5 pièces.

111 — Plaque, œil sur une proue de vaisseau, et autres objets. 13 pièces.

112 — Papyrus égyptien entre deux verres, trois lignes d'inscription et personnages, .

OBJETS DIVERS

113 — Trois sifflets, un dé à jouer, et différentes boules en os.

114 — Une amulette et deux cylindres babyloniens en hématite.

115 — Une clef en argent, dans laquelle sont incrustées deux cornalines gravées, six pâtes de verre avec sujets.

116 — Un petit autel carré représentant la vierge, entre un taureau et un lion, de chaque côté un ange. Pierre tendre. Haut. 7 cent.

117 — Cube en pierre tendre, gravé en creux sur ses six faces d'objets de sainteté. Ayant servi de moule. Haut. 10 cent. sur 8 cent.

118—Quatre couteaux en os représentant différentes têtes, trois lames sont en fer, une est en bronze.

119 — Un peigne, une bague, un tesson et un vase en os, le tout imitation de l'antique.

120 — Deux styles et médaillons, deux cubes, le tout en os.

121 — Une bulle en cuivre argenté portant le nom de Catullus, une cassolette en argent, un œil égyptien en argent doré.

122 — Tête d'homme sur caillou d'Egypte, fragment d'un camée, tête d'homme.

123 — Vingt sceaux en cuivre, des xv° et xvi° siècles.

124 — Dix sceaux en cuivre, des xviie et xviiie siècles.

125 — Un coin antique, face et revers de la famille Fabia.

126 — Matrices de coins du moyen âge, plaques et autres.
Douze pièces.

OBJETS EN BRONZE DU XVIe SIÈCLE
OU IMITATION

127 — Jupiter nu debout tenant le Foudre, (un bras manque.)
Haut. 26 cent.

128 — Faune debout tenant le diota d'une main et une coupe
de l'autre. Les yeux sont en argent, sur la poitrine une
petite bulle en or. Haut. 23 cent.

129 — Hercule tenant sa massue. Haut. 5 cent.

130 — Deux bustes de femme.

131 — Une lampe formée par un petit lapin.

132 — Une passoire, une statuette de Junon forme le manche. Haut. de la statuette 18 cent.

132 *bis.* — Un poignard en bronze. Long. 37 cent.

133 — Une statuette égyptienne en fer, un vase en terre cuite sur lequel on lit : *Albin. Juliæ carissi. suæ.*

OBJETS MÉXICAINS, PÉRUVIENS, &c.

134 — Statuette en bronze de femme debout; elle tient devant elle une tablette avec cinq compartiments en creux. Haut. 15 cent.

135 — Statuette en bronze, femme nue debout, ayant devant elle un enfant au maillot dans une gaîne. Haut. 11 cent.

136 — Statuette en bronze de femme vêtue à l'orientale, avec une coiffure de plumes sur la tête; elle tient le plectrum et le cistra. Haut. 11 cent.

137 — Sur une plaque en bronze, personnage à peu près semblable; il tient une patère; à ses pieds deux animaux. Haut. 7 cent.

138 — Miroir arabe trouvé en Syrie. Diam. 10 cent.

139 — Statuette grotesque en argent, figure d'homme avec une longue chevelure, tenant des deux mains une branche d'arbre qui retombe sur sa tête. Haut. 7 cent.

140 — Stèle en pierre calcaire; d'un côté, six personnages en relief assis ; de l'autre côté, inscription imitant l'égyptien, et cinq figures debout en creux. Long. 23 cent.

141 — Figure barbue debout, les cheveux tombant sur les épaules; au dos, une inscription en lettres grecques, sans aucun sens; pierre calcaire. Haut. 18 cent.

142 — Tête d'un roi persan, camée sur cailllou. Haut. 9 cent.

143 — Masque en jade; la figure est tatouée et a un anneau passé dans le nez. Haut 10 cent.

144 — Figure informe accroupie; deux grenats forment les yeux, en jade. Haut. 9 cent.

145 — Deux petits masques et un animal fantastique en jade.

146 — Stèle en serpentine, figure; la tête ailée, debout; à ses pieds, deux personnages, l'un debout, l'autre accroupi; lettres grecques sans signification. Haut. 10 cent.

147 — Petit autel en serpentine; personnage accroupi avec une trompe d'éléphant. Haut. 6 cent.

148 — Basalthe, forme scarabée, sur lequel est un oiseau aquatique.

149 — Amulette mexicaine, pierre noire dure.

150 — Vase en terre rouge, carré, l'anse formée par une figure de femme assise ; un singe grimpe après l'anse. Haut. 18 cent.

151 — Vase en terre formé par une tête de négresse de face ; les deux oreilles forment anses. Haut. 17 cent.

152 — Vase en terre noire péruvien ; il est carré ; deux perroquets soutiennent l'anse formant goulot. Haut. 23 cent.

153 — Vase en terre noire, forme de singe ; l'anse est formée par un serpent enroulé. Haut. 12 cent.

154 — Vase en terre noire ; buste de femme, imitation grotesque de la harpie des anciens. Haut. 18 cent.

155 — Vase en terre noire, imitation du dieu Typhon des Égyptiens. Haut. 12 cent.

156 — Sifflet antique du Pérou ; buste de Pachacamac, dieu du Pérou. Terre cuite. 2 pièces.

157 — Un album composé de 1176 planches gravées de Callot. On lit en tête de cet album :

 « J'ai rassemblé cette collection des Œuvres de Callot avec
« beaucoup de peine, de recherches et d'argent.

 « J'ai passé beaucoup de temps à encadrer ces gravures ;
« pour leur intelligence, je les ai accompagnées de toutes
« les notes historiques que j'ai pu me procurer.

 « Ce précieux recueil est le résultat de plusieurs années de

« travail et de patience ; j'espère qu'après ma mort, celui
« entre les mains de qui il tombera, fera tous ses efforts
« pour le compléter ; mais ce n'est pas une tâche facile, les
« gravures qui manquent ici sont fort rares et fort chères.

« *Signé* : Le Carpentier. »   1834.

MÉDAILLES & OBJETS DE LA RÉPU-BLIQUE DE 1793

158 — Sept médailles d'argent, cinq en fer, cinquante-six en
bronze, dix en plomb. — Une cornaline, la tête de Marat
gravée en creux ; trente-quatre plaques, médailles et décorations, cent quatre-vingt sept boutons, quatre médaillons, vues de la Bastille en démolition. — Trois boîtes
républicaines, dont une en ivoire. — Cinq décorations
brodées de chefs vendéens ; cartes d'entrée dans les clubs,
cartes d'électeurs ; pique républicaine, avec l'inscription :
La citoyenne Julie, de la section de Porte-Foin. Grande
pierre avec inscription gravée, *provenant de la Bastille*.
Portrait de Saint-Just en miniature ; autres portraits en
pâte de Saint-Just, de Marat, de Le Pelletier, du petit
tambour Barat. Calendrier des événements de la révolu-
tion. Trois clefs de la Bastille. Éventail représentant les
monnaies et assignats de la république ; une montre en
en argent et trois cadrans républicains. Gravure représentant la mort de Robespierre, avec une inscription formée
par de petits personnages. Six gravures républicaines
dans un même cadre. Diplôme de la Société des sans-

culottes, certificat de vainqueurs de la Bastille, liste des régicides, liste des personnes massacrées dans le jardin des Carmes. Assignats divers. Gravure représentant une allégorie sur la mise en liberté des modérés. Titre d'une pétition au citoyen Barras; la Boissière, député de la Convention, brodé sur étoffe; le *Pater* de 1792, prière républicaine, par Félix de Nogaret. Gravure représentant Palloi; portrait sur toile de Palloi, par Douchery. Dix assiettes républicaines en faïence, avec sujets et légendes, etc.